春日迟迟

诗经之乐

晓月/主编 于浩/著 黄延平/编曲

春

U0884378

二十一世纪出版社集团
21st Century Publishing Group

孔子用《诗经》来教育孩子

《论语》里记载，一天孔子站在庭院里，儿子孔鲤正好经过，像所有害怕被家长检查作业的孩子一样，他想快点走过去，结果还是被孔子看到了，孔子问他："你今天学习《诗经》了吗？"孔鲤说没有。孔子说："不学《诗经》，怎么懂得说话的道理！"

早在两千多年前，孔子就用《诗经》来进行教学，教导学生和子侄立言、立行的道理。那时还不叫《诗经》，只叫作"诗"或"诗三百"。

《诗经》离我们三千多年，前后诗篇跨越了五百多年

《诗经》是什么时候编成的，具体是由谁来编的，因时代久远，已弄不清楚。古代学者大多认为是孔子编定的，因为孔子是儒家学派的创始人，所以不仅是《诗经》，包括《周易》《尚书》《礼记》《春秋》在内的五经都是由孔子编定的。现代学者认为《诗经》是周代的乐师或是史官编集的，这应该是一个漫长的过程，因为《诗经》里的诗篇，前后跨度就有五百多年。

《诗经》里最早的诗记录于西周初年，多为宫廷创作的用于宗庙祭祀的乐歌，大概在公元前十一世纪，也有一些诗可能诞生得更早，但经过了周代乐师的改造。最晚的诗则在东周中期，大概是公元前六世纪。《诗经》

反映了五百多年的历史文化风貌，在这漫长的时间里，一直有人对诗进行收集、编辑，甚至修改，因为这些诗篇要配乐演奏、歌唱，以适用于各种祭祀、仪式场合，还要用于周代贵族子弟的教育。后来孔子用《诗经》来教学，延续的正是周代贵族的传统。可能在孔子出生之前，《诗经》大体上已经编好了。今天《诗经》共有311首诗（其中6首只有诗题没有文辞，原是用笙演奏的，有人认为本来就没有文辞，古人称作“六笙诗”）。

“风雅颂”和“赋比兴”：《诗经》的分类和艺术手法

《诗经》分“风”“雅”“颂”三个部分，之所以这样分，既与音乐风格相关，也与诗的内容相关。“颂”的时代最早，是周天子、诸侯歌颂先王、先公功德的诗篇合集，多用于宗庙祭祀，包括了《周颂》《鲁颂》《商颂》三个部分。“雅”分为《小雅》和《大雅》，多用于天子诸侯祭祀、典礼等场合，既有不少关于周代政治生活与历史事件的作品，也有贵族个人的创作。“风”包括了十五国风，收录了十五个地区反映社会各个阶层的诗篇，涵盖地域极广，西至陕西、甘肃，北至山西南部，南至汉水流域，东至山东半岛。这么大范围的诗是如何收集的呢？周代有专门的采诗官，在孟春时节，他们乘着轻便的马车，手里摇着木铎，到各地采集诗篇，献给乐师用来配乐歌唱。今天我们还有“采风”一词，源头就是这里。

《诗经》时代的人们，与自然万物的关系非常密切，他们需要观测天象运转的规律，来建设家园、确定农时；他们了解很多动物的习性，据此对动物做了初步的分类；他们熟悉植物，不仅食用，还培植、园艺，用于观赏；他们对环境、生死、灾害等体验远比现代人更为深刻。《诗经》写下了他们聆听万物的声音，描绘自然的各种颜色，以及由此带来的各种习俗与情感。《诗经》的艺术价值因此升华，后人将这些高明的创作手法总结为“赋”“比”“兴”。“赋”是直接的描写，直抒其事；“比”是比喻，例如把君子比喻成精心雕琢的玉石；“兴”就是用客观事物寄托情志，近似于象征，通过外物来抒发情感。“赋”“比”“兴”的诗歌艺术一直影响着中国古代诗人的创作。

《诗经》构筑了中国人的精神气质

《诗经》作为中国最古老的一部诗歌总集，它的内容极为丰富，作者阶层上至天子诸侯，下至士庶妇女，描写了当时各种祭祀、宴饮、节令、婚丧、战争、农事、歌舞、建筑等内容，涉及商周时期的各类历史事件，展现了不同阶层之人的各类情感。《诗经》的文辞典雅而不失流畅，情感庄严肃穆又不失活泼，既有雄大博厚的鸿篇巨制，也不乏民间小调式的婉转情歌。它给我们展现了周人的精神气质：坚韧不拔，乐观昂扬，积极进取；他们直面生活中的苦难，不逃避，不空泛，真实地表达人类生存的困境（此类困境也是现代人常常遇到的）；尽管有悲哀痛苦，然而更有直面的勇气，所以能堂堂正正地应对，始终对未来充满期待。这就使得《诗经》充满了应对苦难的磅礴生命力和精神力量，塑造了一种坚韧刚健的民族品格。因此后代的诗人们把《诗经》作为古典诗歌的最高准则。

《诗经》都是可以唱的

《诗经》最初是配乐演奏的。《左传》里记载，公元前544年，吴国的公子季札访问鲁国，鲁国乐师为季札完整演奏了十五国风、二雅和三颂，季札为此赞叹不已，还对每一部分都做了评价。《诗经》的古乐谱在后世逐渐失传，据说《鹿鸣》的古乐谱一直保存到三国魏晋时期，但历经战乱最终也遗失了。古乐谱虽不存，但人们还会创作新的乐谱，汉代就制作了不少《诗经》的琴曲，到了唐宋以后，宫廷依然会根据《诗经》创作各类曲子，民间也不断用各类音乐形式演绎着《诗经》。直到今天，不少地区还留有“《诗经》古乐”的非物质文化遗产，彰显着《诗经》与音乐结合后长久的生命力。

《诗经之乐》也属于“古乐新创”的尝试，我们选择《诗经》中脍炙人口的49首诗，分别谱上新曲，希冀给《诗经》带来别样的风貌。49首诗按主题分为“春”“夏”“秋”“冬”四本，对应植物、动物、思人和家国四个主题。为了帮助读者更好地理解《诗经》，我们给诗文加上了注释和解读，注释尽量用简单的话说明字词意思，并且详细解释、溯源诗中的动物和植物，以期读者能在现代环境中与之一一对应。在诗篇解读的撰写中，我们尽量还原创作的历史背景，让读者了解背后有趣的故事和知识点。由于《诗经》的研究历来学派众多，很多词、句都不止一种解读，要把所有解读都写下来，不仅读者容易厌倦，图书也容纳不了那么多篇幅，所以往往采用一两种较为合理的解释。读者若是看到有其他不一样的说法，也可以查找资料，思考哪一种解读更为合理。这样编写下来，我们希望这几本书不仅适合小朋友吟唱、阅读，也适合大朋友深入阅读、思考。希望大小朋友不仅能听到《诗经》之“乐”（音乐），也能感受《诗经》之“乐”（快乐）。

（南昌大学国学研究院副教授　于浩）

目录

周南·桃夭 02
周南·芣苢 08
召南·采蘩 14
召南·摽有梅 21
卫风·淇奥 26
卫风·木瓜 35
王风·采葛 41

秦风·蒹葭 46
郑风·野有蔓草 52
小雅·裳裳者华 58
小雅·苕之华 64
小雅·采薇 70

《诗经》就要唱出来

zhōu nán táo yāo

周南·桃夭

táo zhī yāo yāo zhuó zhuó qí huā zhī zǐ yú guī yí qí shì jiā

桃之夭夭[1]，灼灼[2]其华[3]。之子[4]于[5]归[6]，宜[7]其室家[8]。

táo zhī yāo yāo yǒu fén qí shí zhī zǐ yú guī yí qí jiā shì

桃之夭夭，有蕡[9]其实[10]。之子于归，宜其家室。

táo zhī yāo yāo qí yè zhēn zhēn zhī zǐ yú guī yí qí jiā rén

桃之夭夭，其叶蓁蓁[11]。之子于归，宜其家人。

译文

桃树多么妖娆，桃花多么灿烂。有位女子要出嫁，多么适合这户人家。

桃树多么妖娆，果实多么饱满。有位女子要出嫁，多么适合这个家庭。

桃树多么妖娆，桃叶多么茂盛。有位女子要出嫁，多么适合这一家人。

字词注释

1 夭夭：妖娆、曼妙的样子。“夭”的甲骨文写成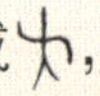，篆书往往写成，像一个人在手舞足蹈，它其实是妖娆的“妖”、笑声的“笑”的最早写法，表示妖娆的神态和笑的样貌。“夭夭”在这里形容桃树的姿态。桃树、桃花和桃叶都是用来比喻出嫁的女子。

2 灼灼：明亮灿烂，形容盛开的桃花。

3 华：同“花”，《诗经》里的“花”都写成“华”。“华”的篆书写成，就是一朵花的样子。

4 之子：这个人，在这里指新娘。“之”在古汉语中作代词时，和现代汉语中的“这”“这个”用法一样。

5 于：语气词，有一点“往”“到那里去”的意思。“于”的篆书写成，表示从口里长长吐出一口气，是“吁”的最早写法。《诗经》里，为了句式的整齐、节奏的和谐，主语和谓语之间往往会使用“于”字。比如“之子于归”，相比“之子归”，加了“于”字后节奏更舒缓一些，整首诗的句式也变得更加整齐。

6 归：出嫁。

7 宜：适合，适宜。

8 室家：和下文的“家室”“家人”一样，代表整个家族。

9 有蕡：硕大。“有”是语气词，一般放在形容词、名词前面，也是用来使句式规整的。另有学者认为“蕡”字通“斑”，指的是桃子成熟后红白相间、斑驳灿然的样子。

10 实：果实，指桃子。

11 蓁蓁：茂盛蓬勃。这一类读音的词都有众多、茂盛的含义，比如“臻臻”“溱溱”。

桃花里的青春礼赞

《周南·桃夭》是一首赞美女子、赞颂婚嫁的诗。

诗人用桃树、桃花和桃叶来形容出嫁的女子。“夭夭”是姿态，“灼灼”是视觉上的感受——明亮、灿烂、耀眼。北宋诗人王安石曾形容桃花“崇桃兮炫昼”（《寄蔡氏女子》二首其一），意思是哪怕是白天，桃花的光芒都无法被掩盖。用桃花来形容出嫁的女子，再美好不过了。

“灼”同时也有触觉上的感受——仿佛在燃烧。诗人准确地抓住了桃花的特点——当春天桃花盛开的时候，一片一片艳丽的红色，茂盛又不俗气。桃花是最能代表春天的花朵，青春洋溢，充满热情，像灼灼燃烧的烈焰。

在诗人的描写中，女子的姿态与神态透出一种生命力，这正是对青春的礼赞。

桃花谢去之后，桃树并没有枯萎，而是枝繁叶茂，果实累累。这预示着子孙繁衍，绵延不绝；家族兴旺，发达昌盛。所以诗人说“宜其室家”“宜其家室”“宜其家人”。

有意思的是，“桃之夭夭”这个词，到了明代的通俗小说里，因为“桃”与“逃”读音相同，经常被借用作一跑了之、溜之大吉的含义，变成了“逃之夭夭”。后来清代的小说家和现代文学家也喜欢这么用，所以“逃之夭夭”这个词就一直沿用到今天。其实“逃之夭夭”与桃树的妖娆没有半点关系，纯粹是因为“桃”“逃”谐音才如此使用，可以说是文坛早期的“谐音梗”啦。

扫码听乐

周南·桃夭

《诗经》原诗
晓　月　作曲
黄延平　编曲

1 = D $\frac{3}{4}$

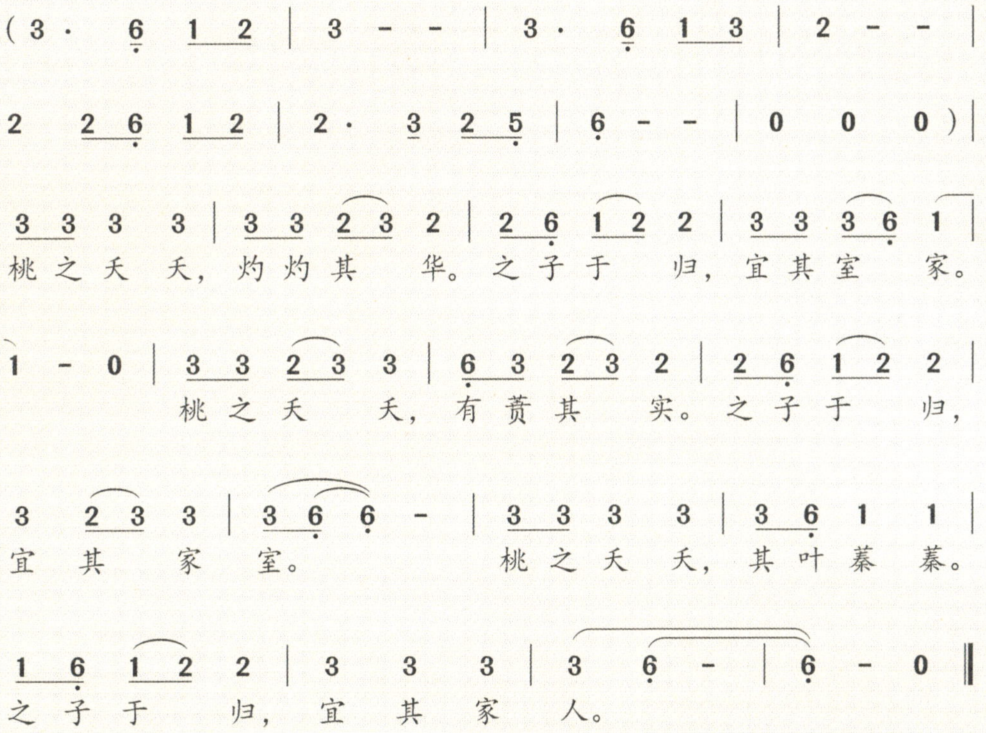

zhōu nán fú yǐ

周南·芣苢

cǎi cǎi fú yǐ bó yán cǎi zhī cǎi cǎi fú yǐ bó yán yǒu zhī

采采[1]芣苢[2]，薄言[3]采之。采采芣苢，薄言有[4]之。

cǎi cǎi fú yǐ bó yán duō zhī cǎi cǎi fú yǐ bó yán luō zhī

采采芣苢，薄言掇[5]之。采采芣苢，薄言捋[6]之。

cǎi cǎi fú yǐ bó yán jié zhī cǎi cǎi fú yǐ bó yán xié zhī

采采芣苢，薄言袺[7]之。采采芣苢，薄言襭[8]之。

译文

茂盛的芣苢啊，赶快来采。茂盛的芣苢啊，赶快来摘。

茂盛的芣苢啊，赶紧拾掇。茂盛的芣苢啊，赶紧撸取。

茂盛的芣苢啊，用衣襟兜起来。茂盛的芣苢啊，用衣襟装好来。

字词注释

1 采采：众多、繁茂的样子。《诗经》里还有很多使用“采采”的地方，比如“蜉蝣之翼，采采衣服”（《曹风・蜉蝣》），“蒹葭采采，白露未已”（《秦风・蒹葭》）。

2 芣苢：又名车前草，是一种野菜，因为经常生长在车道旁，所以叫“车前”。叶片宽大，呈卵形或椭圆形；花茎直立较高，有疏毛。车前草的叶片和种子都可入药，种子叫车前子，可以利尿、清热、明目、祛痰等，古人认为还有治疗难产的功效。这首诗中所采摘的“芣苢”主要是指车前子。

3 薄言：“薄”和“言”都是语气词，没有意义。不过，“薄”作为语气词时，会带一点急迫、勉力的意味。“薄言采之”可以解释为赶快来采。之所以要赶快采，是因为车前子需要在七八分成熟时采摘，稍晚一点，种子就会掉落，散在泥地间很难拾取。

4 有：和“薄言采之”中的“采”一样，也是采摘、摘取的意思。

5 掇：拾掇，捡拾，指捡拾地上掉落的成熟的车前子。

6 捋：捋取，现在多写成“撸”，指把车前草七八分成熟的种子撸下来。

7 袺：用衣襟兜住。

8 襭：把衣襟掖在衣带上，用来装车前子。诗里“采”和“有”、“掇”和“捋”、“袺”和“襭”是三组不同的动作，“采”和“有”指的是先采摘车前草的茎叶，“掇”和“捋”指捡拾地上和撸取茎上的车前子，“袺”和“襭”指用衣襟把采摘的车前兜起来。

古代人为什么要采摘车前子？

初秋时节，长在田野边的车前子成熟了，三三两两的妇女赶忙来采摘。诗人用六句话，写了采摘的六个动作，像是用了六张幻灯片，将采摘场景生动地呈现了出来。

妇女们没有带盛放的器具，可以想见，她们最开始不是专门为了采摘车前子而来的，也许这是一次普通的出游，也许她们要去干别的农活。有人突然发现路边的车前子已经成熟，于是临时起意，采摘一些，以备不时之需。没有带箩筐，她们就把衣襟掖在衣带上，再把车前草和车前子装在里面。

作为一种草药，车前子有很多种功用，古人认为最重要的是可以治疗难产。

生育子女的过程是艰辛而又伟大的。哪怕是医疗条件非常发达的今天，产妇依然面临各种风险，需要定时检查，更何况在科学水平极不发达的古代。古代人非常重视生育，总结了不少经验，他们认为车前子有助于产妇生育，可以用来治疗难产。

因此，当秋天车前子逐渐成熟时，妇女们就会前往采摘，整株拿回去晒干，搓出种子，剥离杂质，然后制成汤剂，供产妇饮用。

诗人选取了采摘车前的六个动作，缓缓写来，读者可以感受到采摘的过程是从容不迫的。古人解释这首诗说：“和平，则妇人乐有子矣。”这首诗可能写于西周前期或者中期。经过了长时间的战争，周武王、周成王休养生息，西周王朝迎来了一段很长的和平繁荣时期。只有和平，人们才能从容不迫地采摘着车前子，妇女才能更好、更安全地生育。这是这首诗背后的寓意。

扫码听乐

周南·芣苢

《诗经》原诗
晓　月　作曲
黄延平　编曲

1=♭B 3/4

(6 3 5 6 3 | 3 6 1 - | 2 1 2 3 7 5 | 6 - -) | 6 3 5 6 3 | 3 3 6 1 |
采采芣　苢，薄言采　之。

6 3 5 6 3 | 3 3 6 1 | 6 3 5 6 3 | 6 6 6 5 | 6 3 5 6 3 | 3 3 3 2 |
采采芣　苢，薄言有　之。采采芣　苢，薄言掇　之。采采芣　苢，薄言捋　之。

2 - 0 | 6 3 5 6 3 | 3 3 2 3 2 | 5 2 5 2 | 2 2 1 2 1 | 1 - 0 |
采采芣　苢，薄言袺　之。采采芣苢，薄言襭　之。

渐慢

6 3 5 6 3 | 3 3 2 3 2 | 5 2 5 2 | 2 2 2 - | 1 - - ‖
采采芣　苢，薄言袺　之。采采芣苢，薄言襭　之。

shào nán cǎi fán

召南·采蘩

yú yǐ cǎi fán yú zhǎo yú zhǐ yú yǐ yòng zhī gōng hóu zhī shì

于以[1]采蘩[2]？于沼[3]于沚[4]。于以用之？公侯[5]之事。

yú yǐ cǎi fán yú jiàn zhī zhōng yú yǐ yòng zhī gōng hóu zhī gōng

于以采蘩？于涧[6]之中。于以用之？公侯之宫[7]。

bì zhī tóng tóng sù yè zài gōng bì zhī qí qí bó yán xuán guī

被[8]之僮僮[9]，夙夜[10]在公[11]。被之祁祁[12]，薄言还归[13]。

译文

在哪里采蒌蒿？在池塘边小洲上。在哪里用蒌蒿？在公侯家的祭事上。

在哪里采蒌蒿？在山溪畔水涧里。在哪里用蒌蒿？在公侯家的宗庙中。

端庄的发饰整齐从容，她们从早到晚忙于公事。端庄的发饰娴静优雅，祭祀结束她们回到家中。

字词注释

1 于以：在哪里。“于以采蘋”（《召南·采蘋》）和“于以求之”（《邶风·击鼓》）都是这种用法。

2 蘩：《诗经》里的“蘩”有两种，一种是陆生的草本植物，叫作白蒿、皤蒿，叶子煮过后，汁液可以用来浸沃蚕卵，有助于蚕的发育，《豳风·七月》里的“采蘩祁祁”，所采的就是白蒿；另一种是水生的草本植物，今名蒌蒿，嫩芽可以食用，叶子可以蒸煮做菜。《召南·采蘩》里说“于沼于沚”“于涧之中”，可见指的是水生的蒌蒿。蘩菜在周代用于祭祀，祭祀时由诸侯的夫人手持“豆”一类的器皿，里面放荇菜、蘩菜等，辅助诸侯祭祀祖先。

3 沼：池塘。

4 沚：水中的陆地。

5 公侯：公爵和侯爵，泛指诸侯。

6 涧：山间的流水沟。

7 宫：宗庙。

8 被：“髲”的通假字，贵族妇女头上戴的一种装饰性假发。

9 僮僮：茂盛的样子，形容妇女头饰繁复，容止端庄。

10 夙夜：早晚。

11 在公：在忙公家之事（指祭祀的事情）。

12 祁祁：众多，形容妇女娴静从容的样子。

13 还归：祭祀结束，回到家中。

蘩菜和周代贵族祭祀

按周代的礼制，诸侯结婚三个月后，新婚的诸侯夫人要在宗庙里举行奠菜礼，她要亲自采摘水草（包括蘋、藻、荇、蘩等），祭祀的时候身着厚重的礼服，头戴繁复的发饰，手持盛着水草的器皿，与夫君一同祭祀祖先。《召南·采蘩》这首诗描述的就是举办此类礼仪的场景。诸侯的新妇虽然穿着礼服、戴着发饰，早晚都忙碌于仪式的准备和过程，可仍然保持着从容与庄重的仪态。

为什么有这样的礼仪呢？因为周王朝实行的是宗法制度，它将同姓同宗分封为诸侯；也将建有功勋的贵族分封为诸侯，叫作异姓诸侯。异姓诸侯可以与同姓诸侯通婚，也可以与周天子通婚，这样异姓诸侯与同姓同宗的诸侯就有了姻亲关系，整个王朝的稳定便得以维系，像齐国常与鲁国、郑国通婚，秦国常与晋国通婚（“秦晋之好”就是由此而来的）。这样的政治联姻也可以巩固诸侯国之间的关系。

这首诗描写了古老的贵族奠菜之礼。在周代，这首诗也常被运用到礼乐场合中，比如在周天子、诸侯等的宴飨中人们会用笙演奏并歌唱《周南》的《关雎》《葛覃》《卷耳》和《召南》的《鹊巢》《采蘩》《采蘋》。虽然今天我们不知那时的乐声是什么样的、诗歌是如何演唱的，但这些诗篇早已成为周代礼乐文明的象征。

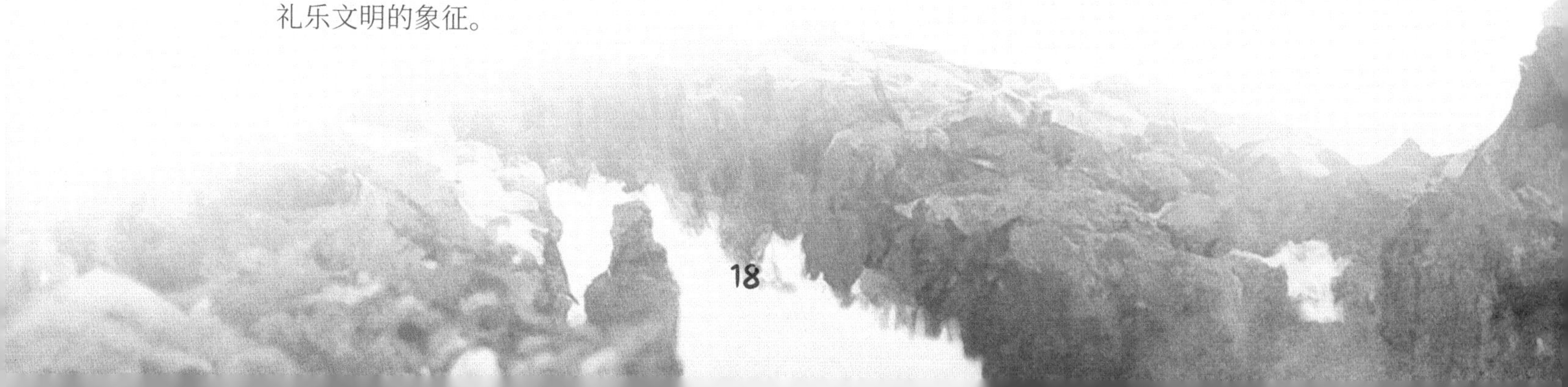

扫码听乐

召南·采蘩

《诗经》原诗
晓　月　作曲
黄延平　编曲

1=$^{\flat}$E $\frac{4}{4}$

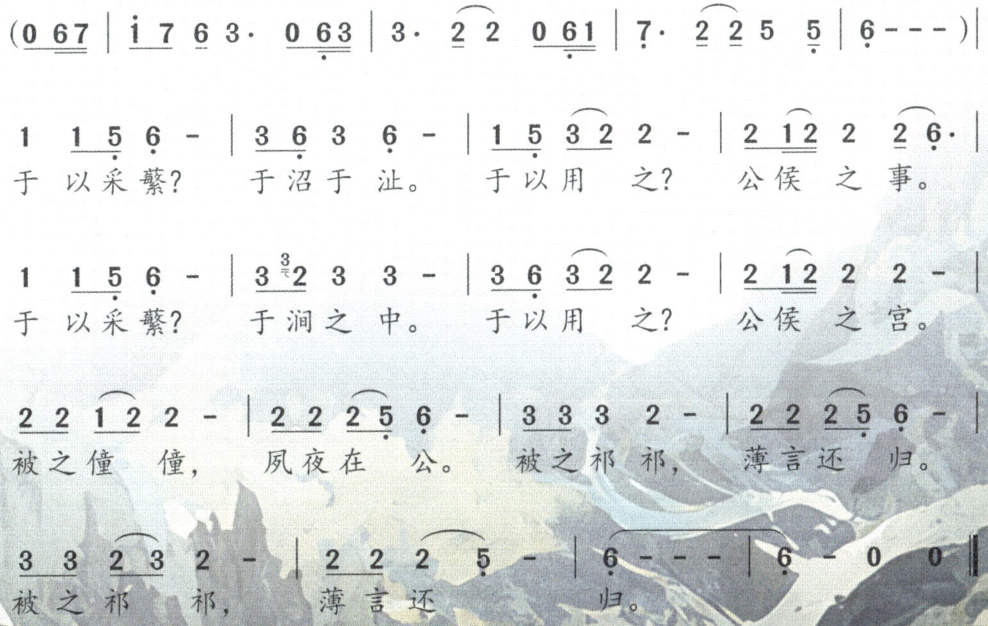

shào nán biào yǒu méi
召南·摽有梅

biào yǒu méi qí shí qī xī qiú wǒ shù shì dài qí jí xī
摽[1]有[2]梅[3]，其实七兮[4]。求我庶士[5]，迨[6]其吉[7]兮！

biào yǒu méi qí shí sān xī qiú wǒ shù shì dài qí jīn xī
摽有梅，其实三兮。求我庶士，迨其今兮！

biào yǒu méi qīng kuāng xì zhī qiú wǒ shù shì dài qí wèi zhī
摽有梅，顷筐[8]塈[9]之。求我庶士，迨其谓[10]之！

译文

掉落的梅子啊，树上梅子还有七成。追求我的男士们，记得要趁此良辰！

掉落的梅子啊，树上梅子只剩三成。追求我的男士们，记得要珍惜今朝！

掉落的梅子啊，果实都装满了篮筐。追求我的男士们，快来告诉我一声！

字词注释

1 摽：掉落。

2 有：语气词，没有意义，作用是使句子的语气和节奏舒缓。

3 梅：梅树是蔷薇科落叶乔木，果实称为梅子，近球形，两端稍扁，表皮有短茸毛，味道偏酸，这首诗中的“梅”指的就是梅子。梅在中国有三千多年的栽培历史，《山海经》《尔雅》中都有梅的记载。《诗经》除了这一篇讲到了梅，还有《小雅·四月》中提到“山有嘉卉，侯栗侯梅”。因为梅子的味道偏酸，所以古代多用来制作调味品。

4 其实七兮：指树上梅子只剩下七成。后面的“其实三兮”，指树上梅子只剩三成。

5 庶士：男士们。“庶”，众多。“士”，青年男子。

6 迨：等到，趁着。

7 吉：好日子。

8 顷筐：一种类似簸箕的浅筐，一边深一边浅，故称顷筐（“顷”，即倾侧的意思）。

9 塈：取。

10 谓：告诉。“迨其谓之”的意思是说一声就可以定亲了。

直率坦荡的女子之歌

这是一首非常直率、明快的诗，从“求我庶士”一句来看，应该是以女子的口气创作的。这位女子毫不犹豫，也一点不羞涩。她用梅子的成熟和掉落，来比喻时光易逝，青春不再。随着时间的推移，年岁增长，她劝告求爱的人要抓紧时间，仿佛在说：想追求我的小子们，赶紧来吧，不要扭扭捏捏耽误时间。诗里梅子的成熟和掉落未必是真实的情况，而是这位诗人的一种借喻。

诗歌所表达的情绪是渐渐发展的。女子最初还装装样子，要追求自己的人选择良辰吉日，但等到青春一过，便迫不及待地想步入婚姻。诗的最后几句甚至有些戏谑的味道，写出了诗人的无奈，也透出一些直率的可爱。《诗经》里有很多这样直率、不拐弯抹角的诗。《诗经》时代的女子，不像后来那般受到过多的约束，因此能展现出爽朗、大胆和率真的性格，而这种性格也塑造了《诗经》的情感特征。

扫码听乐

召南·摽有梅

《诗经》原诗
晓　月　作曲
黄延平　编曲

1=C $\frac{4}{4}$

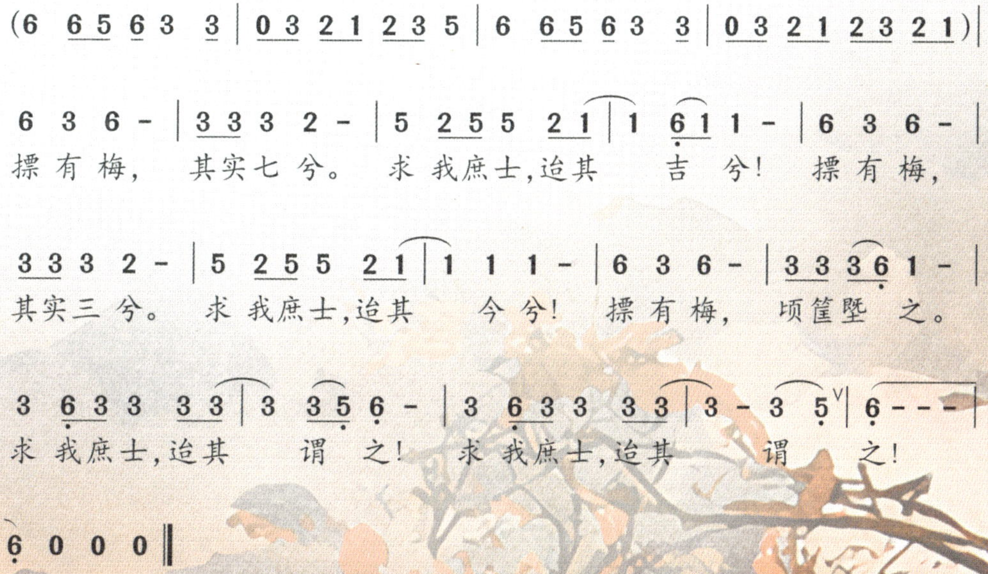

wèi fēng qí yù

卫风·淇奥

zhān bǐ qí yù lǜ zhú yī yī yǒu fěi jūn zǐ rú qiē rú cuō rú zhuó rú mó

瞻彼淇[1]奥[2]，绿竹[3]猗猗[4]。有匪[5]君子，如切如磋[6]，如琢如磨[7]。

sè xī xiàn xī hè xī xuān xī yǒu fěi jūn zǐ zhōng bù kě xuān xī

瑟兮僩兮，赫兮咺兮[8]。有匪君子，终不可谖[9]兮。

zhān bǐ qí yù lǜ zhú jīng jīng yǒu fěi jūn zǐ chōng ěr xiù yíng kuài biàn rú xīng

瞻彼淇奥，绿竹青青[10]。有匪君子，充耳琇莹[11]，会弁如星[12]。

sè xī xiàn xī hè xī xuān xī yǒu fěi jūn zǐ zhōng bù kě xuān xī

瑟兮僩兮，赫兮咺兮。有匪君子，终不可谖兮。

zhān bǐ qí yù lǜ zhú rú zé yǒu fěi jūn zǐ rú jīn rú xī rú guī rú bì

瞻彼淇奥，绿竹如箦[13]。有匪君子，如金如锡，如圭如璧[14]。

kuān xī chuò xī yǐ chóng jué xī shàn xì xuè xī bù wéi nüè xī

宽兮绰兮[15]，猗重较[16]兮。善戏谑兮，不为虐[17]兮。

译文

远望淇水蜿蜒，到处是依依的绿竹。有一位文雅的君子，像切磋的象牙，像雕琢的美玉。庄严而肃穆，光明而坦荡。这位文雅的君子，让我无法忘怀啊。

远望淇水蜿蜒，到处是繁密的绿竹。有一位文雅的君子，垂着晶莹的充耳，戴着闪耀的皮弁。庄严而肃穆，光明而坦荡。这位文雅的君子，让我无法忘怀啊。

远望淇水蜿蜒，到处是茂盛的绿竹。有一位文雅的君子，如黄金又如白锡，如圭璋又如玉璧。宽厚而从容，倚靠着马车的双较。是多么诙谐幽默，又懂得进退有度。

字词注释

1 淇：淇水，流经卫国国都，在《卫风》中常能见到。

2 奥：水边深曲的地方，又写作“隩”。

3 绿竹：这首诗的“绿竹”历来有两种解释。一种把它理解为青绿色的竹子，主要的种类有毛竹和刚竹；一种认为指的是两种植物——“绿”和“竹”，“绿”应指“菉”，为王刍，又称荩草，“竹”是指萹竹，今称萹蓄，草本植物，近水而生。郦道元《水经注》认为淇水旁不产竹，诗中的“绿竹”应指荩草和萹蓄。荩草和萹蓄都比较低矮，不如青绿色的毛竹、刚竹高大。

4 猗：通“倚”，形容绿竹的婀娜风姿。古代曾念作婀娜的“婀”。

5 匪：通“斐”，斐然成章。

6 如切如磋：“切”和“磋”指打磨、修刻兽骨和象牙的工艺。

7 如琢如磨：“琢”即雕琢，“磨”即打磨，指雕刻玉石的工艺。“切磋”和“琢磨”，是用修刻兽骨、象牙、玉石的行为来类比增进学问乃至养成人格，需要经过细致的打磨和修治。

8 瑟兮僩兮，赫兮咺兮：“瑟”，庄严谨慎。“僩”，宽大从容。“赫”，光明显耀。“咺”，威仪坦荡。这几个词既形容君子的外表仪态，也形容其内在的品德。

9 谖：忘记。

10 青青：又作“菁菁”，形容绿竹的茂盛。

11 充耳琇莹：“充耳”又叫作“瑱（tiàn）”，是由冠上垂到耳旁的玉石组成的装饰物。“琇”，比玉差一些的美石。“莹”，形容美石的光芒。这句是赞美君子冠饰上的美石晶莹透亮。

12 会弁如星：“会”，皮弁的中缝部分。“弁”，皮弁，古代贵族的一种冠帽。古代皮弁的中缝部分会装饰一些五彩玉石。这句形容皮弁中缝处的五彩玉石如群星闪耀。

13 箦：同“积”，积累，丰富。

14 如圭如璧：“圭”，一种上尖下方的玉器。“璧”，中间有孔的圆形玉器。“圭”和“璧”都用于祭祀。“金”和“锡”、“圭”和“璧”，外表光鲜亮丽，其中“金”和“锡”都需要经过提炼，“圭”和“璧”都需要经过打磨，形容君子外在的光亮都是经历了锻炼和磨砺。

15 宽兮绰兮：“宽”和“绰”都是宽和、宽厚的意思。

16 重较：“较”，是古代马车旁可以用来握扶的突出部件，普通的马车只有一个较，卿士级别的左右两边各有一个，所以叫作“重较”。这里显示出君子的身份不一般。

17 不为虐：不过分。指君子善于戏谑，但能够把握一个度，既亲和又不至于轻浮。

卫武公的风范

这是《卫风》里的第一首诗。

两千多年前的淇水之滨，绿竹丰茂，有一位君子经常乘着高贵的马车出入其间。他气度从容庄重，宽和文雅，令人过目难忘。

诗里连用了几个形容词——“瑟、僩、赫、咺、宽、绰”，来表达诗人的惊叹和赞美之情。诗中又用了两重比喻。第一重用的是动词，诗人借用了古时工匠打磨象牙玉石的“切磋”和“琢磨”，来形容君子的修养、学问和气质。由于这首诗影响深远，“切磋”“琢磨”今天仍在使用，用于表达学问上的交流和思考。第二重用的是名词，诗人使用了“金、锡、圭、璧”四件事物。“金”和“锡”多使用在车马等用具上，会让这些用具呈现出耀眼的光泽；“圭”和“璧”多用在祭祀场合，为王公贵族所用，喻示君子的身份不一般，同时告诉人们君子的行止像“圭”和“璧”一样符合礼制。第一重和第二重比喻之间又有内在的联系，第二重的“金、锡”和“圭、璧”，就是“切磋”和“琢磨”的结果。所以“如切如磋，如琢如磨”，是说君子通过努力问学、修炼，才具有了这样特殊的气质。他展现出来的风貌，就像“金”和“锡”一样耀眼夺目，像“圭”和“璧”一样润泽高贵。

这位君子是谁呢？古代的学者认为就是西周时期卫国一位著名的国君——卫武公。古书里有不少关于他的记载：他曾担任周天子的卿士，活了九十多岁，晚年仍保持着严谨庄重的气度，深受周人和卫国人的爱戴……从诗中的语句来看，古书中的记载确实和人们对他的评价很相符。

扫码听乐

卫风·淇奥

《诗经》原诗
晓　月　作曲
黄延平　编曲

1=D $\frac{4}{4}$

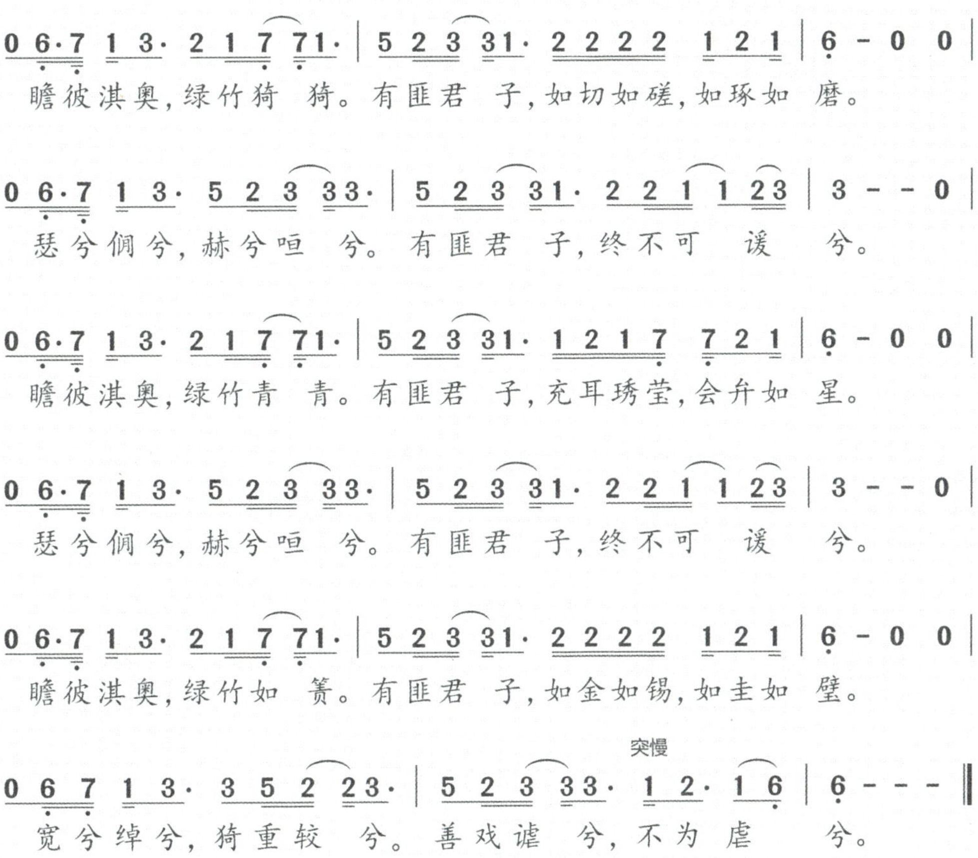

卫风·木瓜

投[1]我以木瓜[2]，报之以琼琚[3]。匪[4]报也，永以为好也！
投我以木桃，报之以琼瑶。匪报也，永以为好也！
投我以木李，报之以琼玖。匪报也，永以为好也！

译文

投赠给我木瓜，我拿佩玉来回报。不是为了回报啊，是为了永远相好！

投赠给我木桃，我拿美玉来回报。不是为了回报啊，是为了永远相好！

投赠给我木李，我拿墨玉来回报。不是为了回报啊，是为了永远相好！

字词注释

1 投：投赠。

2 木瓜："木瓜"今又名榠楂，是蔷薇科落叶小乔木或灌木。"木桃"和"木瓜"同属，又名毛叶木瓜、木瓜海棠。"木李"与"木瓜""木桃"近似，也属蔷薇科，今名木梨、榅桲。这三种植物都会结果，但果实酸涩，几乎不能食用。它们都以树姿优美、花色亮丽，且有独特香味而著称，是自古以来常被传颂的观赏植物。

3 琼琚："琼"的本义是赤色的玉，后来引申为形容美玉之词。周代贵族男女会在衣带上垂挂美玉组成的装饰物，称为玉佩或杂佩（就是《郑风·女曰鸡鸣》里"杂佩以赠之"的"杂佩"）。"琚、瑶、玖"都是杂佩中不同的玉的名字，诗里是用这些美玉代指玉佩。

4 匪：通"非"，不是的意思。

“投桃报玉”的美好故事

中国有个成语叫“投桃报李”，这个成语就出自古老的《诗经》，但不是源于《卫风·木瓜》这首诗，而是来自《大雅》中的《抑》，意思是礼尚往来、“善往则善来”，是一种平等的、互相尊重的待人之道。

《卫风·木瓜》这首诗中的“投桃报玉”则是不平等的：对方赠给“我”的是木瓜、木桃和木李，是非常美的观赏植物，但还是远远比不上佩玉的价值。为什么对方赠予瓜果，“我”却要回馈厚礼呢？诗中各章的最后两句已经做出了回答：不是为了回报，是想“永以为好”。“永以为好”，就是希望能永远交好，永远在一起。因为诗人爱慕对方，所以愿将身上最为重要的饰物，也是代表自身品质的象征之物回赠给对方。

更为重要的是，“木瓜、木桃、木李”虽为瓜果，却无实用价值，只有纯粹的观赏价值；“琼琚、琼瑶、琼玖”虽然宝贵，但它们的象征和情意也超出了本身的实用价值。赠予与回馈，都不带功利的目的，只是因为互相欣赏与爱慕，所以传达出超越世俗价值的情感，只有明白这点，我们才能理解赠送木瓜者的心意，才能领会回馈琼瑶者的深情。

扫码听乐

卫风·木瓜

《诗经》原诗
晓　月　作曲
黄延平　编曲

1＝D $\frac{4}{4}$

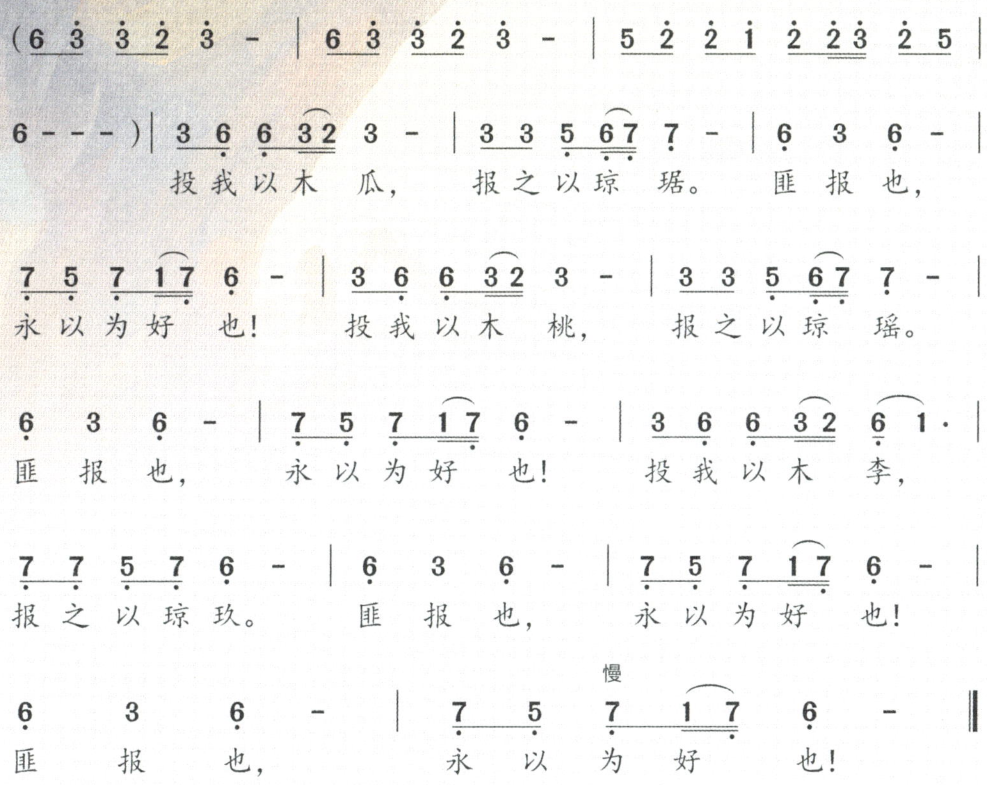

wáng fēng　cǎi gé
王风·采葛

bǐ cǎi gé　xī　yí rì bú jiàn　rú sān yuè　xī
彼采葛[1]兮，一日不见，如三月[2]兮。

bǐ cǎi xiāo　xī　yí rì bú jiàn　rú sān qiū　xī
彼采萧[3]兮，一日不见，如三秋[4]兮。

bǐ cǎi ài　xī　yí rì bú jiàn　rú sān suì　xī
彼采艾[5]兮，一日不见，如三岁[6]兮。

译文

采摘葛藤啊，一天不见那个人，好像过了三月。

采摘艾蒿啊，一天不见那个人，好像过了三季。

采摘艾草啊，一天不见那个人，好像过了三年。

字词注释

1 葛：一种藤本植物，古代经常提取其纤维，制作夏天穿的衣、鞋。在棉花被引进之前，葛布是重要的夏服制作材料。

2 三月：三个月。

3 萧：又称艾蒿，多年生半灌木状植物，嫩芽嫩叶可以生食或蒸食。其茎干有香气，古代多用来祭祀，即在艾蒿上涂抹油脂，将其和黍、稷等农作物一起燃烧，用香气表达敬神的心意。

4 三秋：三个季度。“秋”，季节。

5 艾：艾草，一种多年生草本植物，香气浓烈，根芽可以生食，也可以煮熟食用。农历四月左右，将艾草刚生出的嫩叶捣碎榨汁，再将汁水煮熟，与糯米粉搅拌在一起，可做成一种叫青团（有些地方叫“艾叶糍粑、青明粿”）的美食，至今南方很多地区还很盛行这种做法。因为艾草香气郁烈，古人认为可以驱除病疫和不祥之物，有辟邪的作用，后发展为端午节在门前悬挂艾草的习俗。

6 三岁：三年。

思念会使时间变慢吗?

我们现在常说“一日不见，如隔三秋”，既表达等待时光的漫长，也表达思念之情。这句话就出自《王风·采葛》这首诗。

“葛、萧、艾”都是《诗经》时代常见的功能性植物，与当时人们的生活密切相关，采葛、采萧、采艾也是日常生活的一部分。葛藤生长迅速，只需三个月就可以开花结果，采葛的间隔时间正好是三个月，所以诗人说一日不见如三月；萧需要入秋后才能成熟结果，采萧的时候，已经到了秋季，所以诗人说一日不见如三秋；艾草则长得越长久越好，采艾时，艾草恐怕已经生长了好几年，所以诗人说一日不见如三岁。这既是生活经验的体现，也是富有诗意的联想。诗人不一定真的去采葛、采萧、采艾，而是有过这样的生活经验，在思念某人的时候，联想到“葛、萧、艾”，不禁觉得那个人离开很久了，其实仅仅是分别一日而已。而我们读这首诗，也仿佛能看到纠缠不休的葛藤，闻到艾蒿醉人的香气和艾草郁烈的气息，感受到诗人浓烈的思念之情。

诗歌是跳跃的、联想的、创新的，正因如此，诗歌才给日常生活赋予了情感和更多的意义。这是《诗经》里常见的诗歌特点。本来采葛只是为了织布制衣，采萧是为了祭祀之用，采艾是为了制作食物或者驱除邪祟，但诗人的思念使得这些行为多了象征意味。于是，生活不再单调琐碎，而是充满了思念、回忆，耐人咀嚼；“葛、萧、艾”也不再是普通的植物，而成为情感的寄托，变得意义丰富。

扫码听乐

王风·采葛

《诗经》原诗
晓　月　作曲
黄延平　编曲

1=D $\frac{4}{4}$

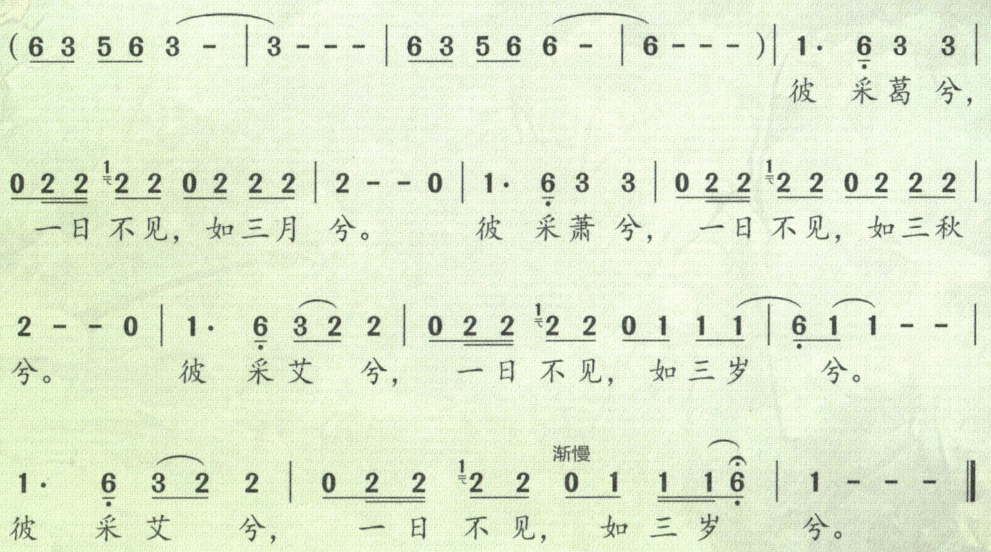

qín fēng jiān jiā

秦风·蒹葭

jiān jiā cāng cāng bái lù wéi shuāng suǒ wèi yī rén zài shuǐ yì fāng sù huí cóng zhī
蒹葭[1]苍苍[2]，白露为霜[3]。所谓伊人[4]，在水一方。溯洄[5]从之，
dào zǔ qiě cháng sù yóu cóng zhī wǎn zài shuǐ zhōng yāng
道阻[6]且长。溯游从之，宛[7]在水中央。

jiān jiā qī qī bái lù wèi xī suǒ wèi yī rén zài shuǐ zhī méi sù huí cóng zhī
蒹葭萋萋[8]，白露未晞[9]。所谓伊人，在水之湄[10]。溯洄从之，
dào zǔ qiě jī sù yóu cóng zhī wǎn zài shuǐ zhōng chí
道阻且跻[11]。溯游从之，宛在水中坻[12]。

jiān jiā cǎi cǎi bái lù wèi yǐ suǒ wèi yī rén zài shuǐ zhī sì sù huí cóng zhī
蒹葭采采[13]，白露未已[14]。所谓伊人，在水之涘[15]。溯洄从之，
dào zǔ qiě yòu sù yóu cóng zhī wǎn zài shuǐ zhōng zhǐ
道阻且右[16]。溯游从之，宛在水中沚[17]。

译文

芦苇花苍郁繁茂，白露刚结成霜。我所说的那个人，就在河水的另一方。我想逆流寻他，道路险阻而漫长。我想顺流去追，他又好像在水中央。

芦苇花密密丛丛，白露还未晾干。我所说的那个人，就在水草相交的地方。我想逆流寻他，道路险阻而高耸。我想顺流去追，他又好像在水中滩。

芦苇花茂盛斑斓，白露还未停歇。我所说的那个人，就在河岸的另一方。我想逆流寻他，道路险阻而曲折。我想顺流去追，他又好像在水中岛。

字词注释

1 蒹葭：“蒹”是荻花，“葭”是芦苇，二者都是水边生长的植物。荻花细长，芦苇则高大丰茂。二者在秋天花穗都会变白，层叠如雪，风中摇曳，极为美观。

2 苍苍：茂盛的样子。

3 白露为霜：指霜露降下的时节，大约在农历九月以后。

4 伊人：那个人。“伊”，这个、那个的意思。

5 溯洄：逆流而上。

6 阻：险阻，障碍。

7 宛：好像。

8 萋萋：与“苍苍”意思相近，也是指茂盛。

9 晞：干。“未晞”指露水未干。

10 湄：水草相交的地方。

11 跻：原意是上升，这里指高。

12 坻：水中的小块陆地。

13 采采：众多，和“苍苍”“萋萋”一样，也是形容芦苇茂盛。

14 已：停止，“未已”指露水还未停。

15 涘：水边。

16 右：迂回曲折。

17 沚：和“坻”一样，也是指水中的陆地，比“坻”略大。

“所谓伊人”是什么人？

这是《秦风》里一首很著名的诗。诗很美，同时又有一种忧伤的情调，这种情调给诗增添了别样的美感。

金秋时节，荻花和芦苇白茫茫一片，清晨露水凝结，或凝冰结霜，或经久不干，或一直不停歇，使得水边的氛围更加朦胧、梦幻。这时候有人在水的另一边，诗人想逆流而上去追寻，却因为道路阻隔重重，只能远远看到那人仿佛在水中的小洲之上。全诗笼罩着一种迷离的氛围，那人看似很近，又仿佛很远，看似能够追寻，却始终无法触及。可遇而不可求，增添了“伊人”的神秘感，触发了诗人和读者的好奇心，这种因好奇和距离而产生的美感，以及可遇而不可求的怅惘，正是这首诗一咏三叹的原因。《诗经》中的《周南·汉广》也表达了同样的主题。受《诗经》影响，后来屈原《离骚》中的“求女”一段、《九歌》中的《云中君》、曹植的《洛神赋》等，都是这一主题的衍生和拓展。

“所谓伊人”究竟是什么人呢？有人说是诗人爱慕的女子，有人说是难得的朋友，有人说是隐逸的贤才，众说纷纭。其实这个问题没有答案，但诗里的忧伤、怅惘、迷离和执着的逆流追求是永恒的，隔了数千年，仍会击中我们的内心。

扫码听乐

秦风·蒹葭

《诗经》原诗
晓 月 作曲
黄延平 编曲

1=D $\frac{4}{4}$

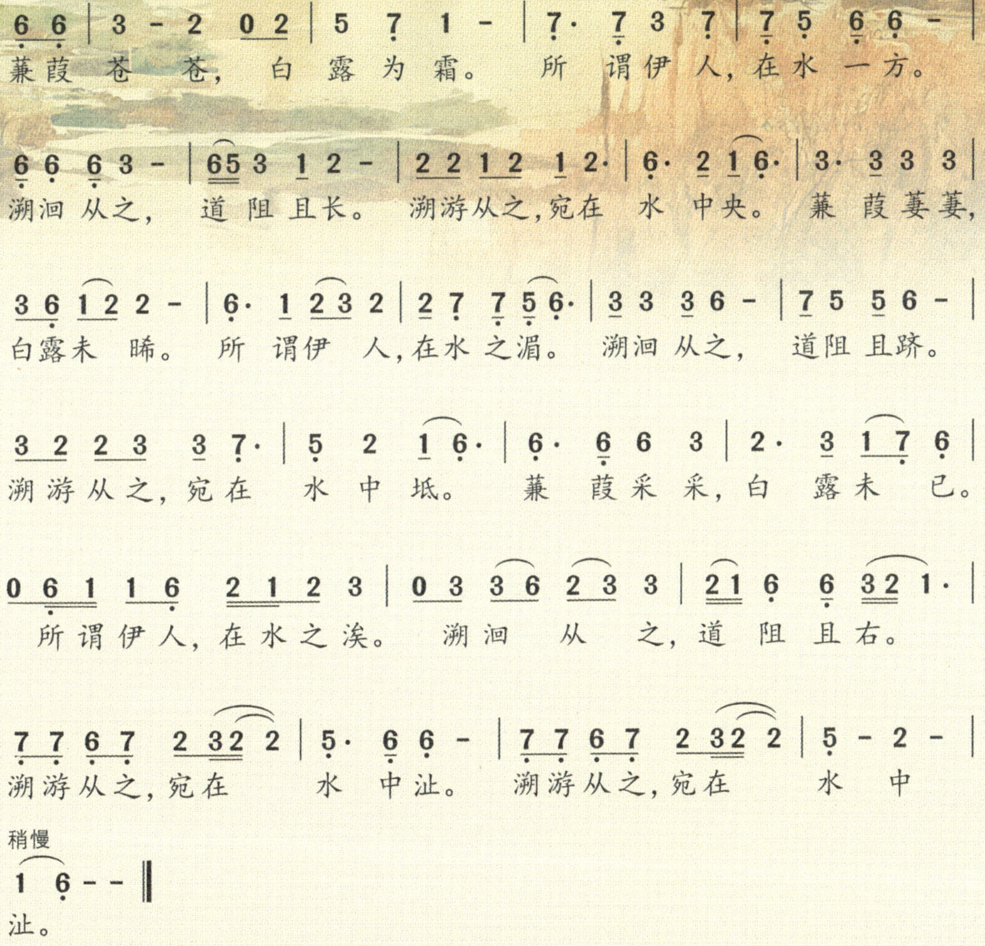

zhèng fēng yě yǒu màn cǎo

郑风·野有蔓草

yě yǒu màn cǎo líng lù tuán xī yǒu měi yì rén qīng yáng wǎn xī

野有蔓草[1]，零[2]露漙[3]兮。有美一人，清扬婉兮[4]。

xiè hòu xiāng yù shì wǒ yuàn xī

邂逅[5]相遇，适[6]我愿兮。

yě yǒu màn cǎo líng lù ráng ráng yǒu měi yì rén wǎn rú qīng yáng

野有蔓草，零露瀼瀼[7]。有美一人，婉如清扬。

xiè hòu xiāng yù yǔ zǐ xié zāng

邂逅相遇，与子偕臧[8]。

译文

郊野长满了蔓草，落下的露珠饱满圆润。有一位美人，眉目是那样清秀。不期而然的相遇，正中了我的心愿。

郊野长满了蔓草，落下的露水盈盈浓浓。有一位美人，眉目是那么温婉。不期而然的相遇，我们都觉得美好。

字词注释

1 蔓草：藤蔓一类的野草。

2 零：零落，落下。

3 漙：众多、饱满的样子。

4 清扬婉兮："清扬"特指眉目之间很美。"子之清扬"(《鄘风·君子偕老》)、"清扬婉兮"(《齐风·猗嗟》)中的"清扬"都指的是额头、眉目宽广的样子。"婉"指婉约、优美。这句的意思是眉目之间婉约优美。

5 邂逅：不期而遇。

6 适：符合。

7 瀼瀼：指露水多、浓重。

8 臧：美好，善。

“邂逅相遇”的美好

同样是露水充盈的一天，这一首则传达出满足和欣喜的情绪。如果说《秦风·蒹葭》透露出的是缺憾之美，那么《郑风·野有蔓草》则表现出圆满之美，因为《秦风·蒹葭》中的“伊人”可遇而不可求，《郑风·野有蔓草》的诗人则与那“有美一人”不期而遇，对其一见倾心。

郊野中蔓草丛生，草间还有露水滴落，这时候远远走来一位清扬婉丽的女子，让诗人无比倾心。“适我愿兮”直译过来就是满足了“我”的愿望。哪怕仅仅是遇见，诗人就已经很欣喜了。而诗的第二章最后一句又将情绪递进了一层：“与子偕臧”，“偕”是共同、一起的意思，“臧”是美好、善的意思。也就是说，这一天的“邂逅相遇”，不单单“我”觉得很好，对方也觉得美好。两个人发现彼此互相爱慕，这才是最令人惊喜之事。“与子偕臧”将这首诗提升了一个境界：美好的爱情，应该是两情相悦、互相成就的。

《秦风·蒹葭》和《郑风·野有蔓草》是情绪和结果的两面，诗人都是用极为简洁和准确的笔墨，描绘了事物背后深沉而浓烈的情感。人类正是因有如此复杂的情感才有别于他物的。

扫码听乐

郑风·野有蔓草

《诗经》原诗
晓 月 作曲
黄延平 编曲

1=D $\frac{4}{4}$ $\frac{2}{4}$

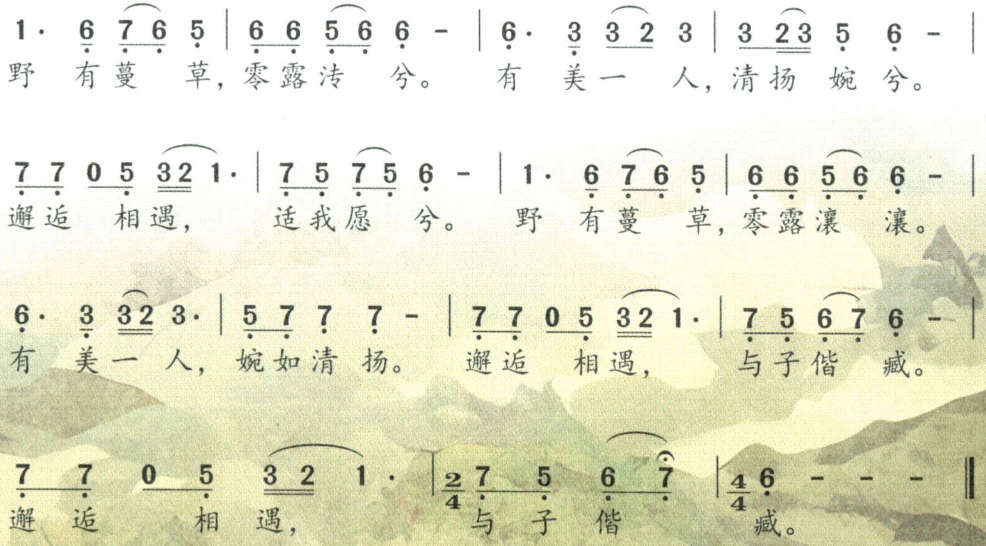

xiǎo yǎ cháng cháng zhě huā

小雅·裳裳者华

cháng cháng zhě huā qí yè xǔ xī wǒ gòu zhī zǐ wǒ xīn xiè xī

裳裳[1]者华[2]，其叶湑[3]兮。我觏[4]之子，我心写[5]兮。

wǒ xīn xiè xī shì yǐ yǒu yù chǔ xī

我心写兮，是以有誉处[6]兮。

cháng cháng zhě huā yún qí huáng yǐ wǒ gòu zhī zǐ wéi qí yǒu zhāng yǐ

裳裳者华，芸[7]其黄矣。我觏之子，维其有章[8]矣。

wéi qí yǒu zhāng yǐ shì yǐ yǒu qìng yǐ

维其有章矣，是以有庆[9]矣。

cháng cháng zhě huā huò huáng huò bái wǒ gòu zhī zǐ chéng qí sì luò

裳裳者华，或黄或白。我觏之子，乘其四骆[10]。

chéng qí sì luò liù pèi wò ruò

乘其四骆，六辔[11]沃若[12]。

zuǒ zhī zuǒ zhī jūn zǐ yí zhī yòu zhī yòu zhī jūn zǐ yǒu zhī

左之左之[13]，君子宜[14]之。右之右之，君子有[15]之。

wéi qí yǒu zhī shì yǐ sì zhī

维其有之，是以似[16]之。

译文

鲜艳明亮的花啊，叶子茂盛而光润。遇见了君子啊，我的心情多么舒畅。舒畅的心情啊，让我感到安逸乐居。

鲜艳明亮的花啊，散发斑驳的金黄。遇见了君子啊，他是多么才华斐然。斐然的君子啊，让我感到祥和幸福。

鲜艳明亮的花啊，一片黄又一片白。遇见了君子啊，他驾着四匹马的车。四匹马的车啊，缰绳掌得多么娴熟。

说向左车就向左，这君子是多么稳妥。说向右就向右，这君子真才能无双。正因其有才华，他的家族绵延昌盛。

字词注释

1 裳裳：花色鲜明的样子。

2 华：同“花”。

3 湑：形容树叶光泽鲜亮、茂盛的样子。

4 觏：遇见，见到。

5 写：同“泻”，宣泄、舒畅的意思。

6 誉处：“誉”，通“豫”，快乐。“处”指居住、安居。

7 芸：纷纭，纷纷。

8 章：指文章，这里指代才华。

9 庆：吉庆，与上文的“誉”类似。

10 骆：黑鬃黑尾的白马。“四骆”指由四匹骆马驱动的马车。

11 辔：缰绳。古代驷马之车配有六根缰绳。

12 沃若：有光泽，形容缰绳常持握。借以比喻驾驶车马从容娴熟，用现在的话说就是“丝滑”。

13 左之左之：和“右之右之”一道，指驾驶车马需要不时向左向右。这里是说君子驾车，该向左能从容向左，该向右能从容向右，非常熟练。

14 宜：适宜，熟练。

15 有：具有，具备。这句是用驾车的熟练比喻君子拥有相应的才能。

16 似：通“嗣”，继承。指君子继承了祖先的爵位和美德。

怎么样才是合格的君子?

这是一首很古老的诗，创作的年代很可能在西周时期。根据诗中的“维其有章”“乘其四骆”等句子来看，这位君子的身份很高贵。诗的最后一句“维其有之，是以似之”中的“似”，在这里通“嗣”，是继承的意思，所以古代的学者认为这首诗是赞美世袭贵族的。周代实行的是重要官爵世袭制度，像诸侯、卿大夫等都是世代承袭的。他们不仅世袭了官爵，也沿袭了悠久的文化传统，因此周代贵族们车马恢宏，服制粲然。

《诗经》中的篇章有不少是讽刺这些世袭贵族尸位素餐、生活糜烂的，但这些贵族中也有不少优秀者，许多诗人对其也不吝惜赞美，《小雅·裳裳者华》就是如此。这首诗用鲜艳明亮的花比喻君子外在的仪表和内在的美德，诗人非常欣赏这位君子，见到他之后就感到心情畅快，用现在的话说就是“如沐春风”，与其相处，会有一种光荣之感，仿佛自己的境界也得到了提升。为什么会这样呢？因为他一切行为都符合礼仪，拥有贵族所应具备的良好品质。驾车在古代叫作“御”，是古代君子必备的六种艺能“礼乐射御书数”之一，诗人用驾车作为例证，表面说君子驾车能左能右，极为纯熟，更深的含义是想表达君子在处理政事方面也成熟灵活、充满智慧，就像“六辔沃若”一样。

扫码听乐

小雅·裳裳者华

《诗经》原诗
晓 月 作曲
黄延平 编曲

1=E $\frac{3}{4}$

xiǎo yǎ · tiáo zhī huā

小雅·苕之华

tiáo zhī huā, yún qí huáng yǐ. xīn zhī yōu yǐ, wéi qí shāng yǐ.
苕[1]之华，芸其黄[2]矣。心之忧矣，维其伤矣。

tiáo zhī huā, qí yè jīng jīng. zhī wǒ rú cǐ, bù rú wú shēng.
苕之华，其叶青青。知我如此，不如无生。

zāng yáng fén shǒu, sān xīng zài liǔ. rén kě yǐ shí, xiǎn kě yǐ bǎo.
牂羊坟首[3]，三星在罶[4]。人可以食，鲜可以饱。

译文

凌霄花啊凌霄花，纷纷发黄枯萎了。心里填满了忧愁，因为见多了伤痛。

凌霄花啊凌霄花，叶子长得茂盛了。早知生活这么苦，不如没有出生过。

母羊顶着大脑袋，鱼笼空空映星星。人都互相吃人了，却少有人吃饱过。

字词注释

1 苕：凌霄花。

2 黄：黄在《小雅·裳裳者华》中表达金黄灿烂之意，在这首诗中则表达衰落衰败之意。

3 牂羊坟首：“牂羊”，母羊。“坟”，大。母羊因饥饿身体瘦弱，会显得头很大。

4 三星在罶：“三星”，泛指零星的星星。“罶”，竹制的捕鱼器物，口阔而颈狭，置于水中，鱼钻进去后就出不来，以此捕鱼。这里指鱼罶里空无一物，只倒映着夜空中的星星。

灾难带来的悲痛

这首诗以凌霄花起兴，凌霄花一般在夏季开花，到秋季的时候凋零。凌霄花开放时非常艳丽，凌空而上，似火一般，如同盛夏的气候，充满了热情和生命力；但当凋零时，它也如同被火烧尽一般，变得枯黄、灰暗，落了一地，极为惨淡。诗人就用凌霄花的凋落，来哀歌一个时代的衰落，感叹乱世的悲伤。“心之忧矣，维其伤矣”，用于形容心中的忧愁，就如同纷纷凋落的凌霄花一般。

这首诗写于西周末年，也许是展现西夷犬戎攻入都城镐京，西周灭亡后的乱象；也许是记叙西周灭亡时，出现的各种灾祸与饥荒。万物凋零，连动物都没有吃的，母羊极其瘦弱，显得身小而头大。放在水里的鱼笼再也打不到鱼了，只有星星的倒影在水中摇晃。“人可以食，鲜可以饱”，历来有两种不同解释：一种是说人有吃的，却很少吃饱；一种是说饥荒已经到了以人相食的地步，尽管这样，都难以吃饱。不论如何，诗人喊出了“知我如此，不如无生”，意思是早知生活如此艰苦，不如没有出生过！这首诗展现了乱世带给普通人的极大伤害，更凸显出人们无法控制自己命运的悲哀。诗歌写得极为动人，所以能够引发我们对乱世中挣扎求生之人的极大同情。

扫码听乐

小雅·苕之华

《诗经》原诗
晓月 作曲
黄延平 编曲

1=A $\frac{4}{4}$

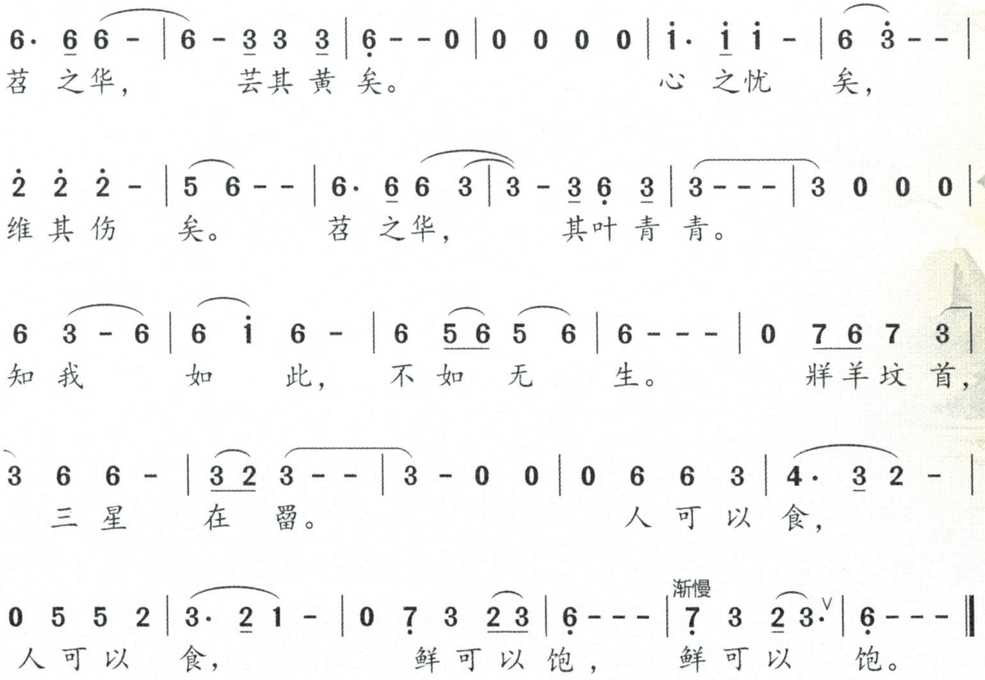

小雅·采薇

采薇[1]采薇，薇亦作[2]止[3]。曰归曰归，岁亦莫[4]止。靡[5]室靡家，猃狁[6]之故。不遑[7]启居[8]，猃狁之故。

采薇采薇，薇亦柔[9]止。曰归曰归，心亦忧止。忧心烈烈，载饥载渴。我戍未定，靡使归聘[10]。

采薇采薇，薇亦刚[11]止。曰归曰归，岁亦阳[12]止。王事靡盬[13]，不遑启处[14]。忧心孔[15]疚[16]，我行不来[17]。

彼尔[18]维何？维常[19]之华。彼路[20]斯何？君子之车。戎车[21]既驾，四牡[22]业业[23]。岂敢定居，一月三捷。

驾彼四牡，四牡骙骙[24]。君子所依，小人所腓[25]。四牡翼翼[26]，象弭鱼服[27]。岂不日戒[28]，猃狁孔棘[29]。

昔我往矣，杨柳依依[30]。今我来思，雨雪霏霏[31]。行道迟迟[32]，载渴载饥。我心伤悲，莫知我哀！

译文

采薇菜啊采薇菜，薇菜刚刚长出来。说回去啊说回去，一年到头回不了。不顾家来不顾室，都是猃狁的缘故。顾不上坐顾不上歇，都是猃狁的缘故。

采薇菜啊采薇菜，薇菜已经很柔嫩。说回去啊说回去，心里充满了忧虑。忧虑像火一样烧，肚子饥饿口里渴。我们的防务还没定，也没使者来慰问。

采薇菜啊采薇菜，薇菜变得枯又硬。说回去啊说回去，一年又到初冬时。公事繁重没个停，无暇安坐和休息。忧虑让人生心病，劳役苦重无归期。

那茂盛的是什么？是常棣开出的花。那辆大车是谁的？是君子乘坐的车。战车轰然已开动，四马威武而雄壮。怎敢停下来休息，一月要打三胜仗。

驾着四马的战车，四马有力而健壮。这是君子的依靠，也是士兵的屏障。四马从容而整齐，载着长弓和箭袋。每天都保持警惕，因为猃狁在逼近。

当我离开故乡时，杨柳柔嫩且飘扬。当我现在从军时，大雪纷纷下不停。道路曲折又漫长，伴着干渴和饥饿。我的心里常悲痛，却没人懂这哀伤。

字词注释

1 薇：野豌豆苗，是《诗经》时代常见的野菜。

2 作：生，初生。

3 止：语气词，没有意义，类似于“兮”“之”。

4 莫：即“暮”，指岁末。“莫”，甲骨文写成，像日头落到了草地里，就是黄昏、傍晚的意思；后来被借去用作“莫非”“莫如”，于是人们在下面加了个“日”字，造出专表黄昏、日暮的“暮”字。岁暮就是岁末。

5 靡：没有，不。“靡室靡家”，就是不着家的意思。

6 猃狁：又称獯鬻，盘踞在西北的强大少数民族，从商代以来即与中原政权相接，时而交好，时而冲突，从西周中期起逐渐成为威胁周王朝的主要力量。根据考古资料看，猃狁有比较成熟的政权组织，每次出战可以派出数百辆战车，可见他们不仅仅是游牧民族。

7 不遑：来不及，顾不上。

8 启居：“启”是跪，“居”是安居、居住。《诗经》时代人们席地而坐，跪在席上，倚靠几案。“不遑启居”，指顾不上安坐、安居了，天天奔波在行军路途中。

9 柔：薇菜生长时柔嫩的样子。

10 聘：慰问，探问。

11 刚：坚硬，指薇菜已经长得比较坚硬了。

12 阳：指阳月，阳月是农历十月，天气变冷。

13 王事靡盬：公事太多太繁复了。“王事”字面意思是王家之事，泛指政事、公事。“盬”是粗糙、松散的意思。“靡盬”就是粗糙、松散的反义，指繁多、复杂、细密。

14 启处：和“启居”意思一样。“居”和“处”都是指安居、居住。

15 孔：很，特别。

16 疚：痛。

17 我行不来：“来”，归来、归家。一直在行军打仗，没办法回家。

18 尔：通“苶”，花茂盛的样子。

19 常：指常棣。

20 路：通“辂”，路车就是大车，将领所乘之车，即后一句的“君子之车”。

21 戎车：兵车，这里指“君子”所乘的大车。

22 四牡：“牡”指公的兽类，如公牛、公马，这里指四匹公马。

23 业业：雄壮的样子。

24 骙骙：健壮的样子。

25 腓：依靠，躲避。古代行军，临时驻扎时，将军一般睡在战车的车厢里，士兵则依靠在车旁休息，这就是“君子所依，小人所腓”，“君子”指将领，“小人”指士兵。

26 翼翼：整齐熟练。

27 象弭鱼服：“弭”是弓梢部分的名称，用象骨制成，所以叫“象弭”。“服”是装弓矢的袋子，“鱼服”是用鱼皮制成的弓矢袋。

28 戒：警戒。

29 棘：通“急”，急切。

30 依依：树枝轻柔摇动的样子。

31 雨雪霏霏：“雨雪”的意思是下雪。“霏霏”是雪下个不停的样子。“雨雪霏霏”和“杨柳依依”是很工整的对仗。只是行军的辛苦尚且能忍受，可大雪的天气会使人感到寒冷，使路途更艰苦，和离别故乡时的“杨柳依依”形成了鲜明的对照。

32 迟迟：迟缓，也指道路长远。

一位周代军官眼中的战争

这首诗很可能创作于西周中后期，那时玁狁势力逐渐壮大，不断侵扰周王朝的边境，周宣王频繁地征伐，始终未能消灭他们，反而使自己的实力受到了损害。这首诗从普通兵士的视角，写出了征战的艰辛和对家人的思念，后来的征役诗、战争诗乃至唐代的边塞诗，都对其有学习和借鉴。

从诗句来看，诗人的身份应该介于“君子”和“小人”之间，也许是一位中级军官，也许是军中一位有知识的文书或幕僚。他一方面写出了战争爆发的原因是“玁狁孔棘”，如果不消灭他们，可能家室都无法保护；一方面又表达了对战争的厌恶，细致描绘了行军的艰苦，抒发了对家人的强烈思念。诗中的感情浓烈而复杂，非常真实。

诗中三处对植物的描述值得咀嚼。一是以薇菜的“作止、柔止、刚止”暗示时间的推移，表达战事已经历了很长时间，这种表现手法在《诗经》里很常见，比如前面的《王风·采葛》就有用到。二是用设问引出常棣之花，常棣就是棠棣，棠棣在《诗经》里多象征周王室宗族，这里暗示将领身份高贵。三是著名的“杨柳依依”，这个句式在其他诗篇也出现过，《小雅·出车》里说“昔我往矣，黍稷方华。今我来思，雨雪载涂”，但总不如“杨柳依依”感人。究其原因，是“杨柳依依”“雨雪霏霏”更富有动感，视觉冲击力更强。“黍稷方华”是平铺直叙，而“杨柳依依”则带着感情，使读者看到了杨柳的摇曳生姿，看到了生活的美好，甚至能联想到杨柳下士兵们和家人惜别的情景，这一别也许永远不能再见，而杨柳是永恒的见证者。由此，“杨柳依依”与行军时“雨雪霏霏”的对比就更为强烈，更为痛彻心扉，更能让读者感受到诗人的忧伤与哀痛。

扫码听乐

小雅·采薇

《诗经》原诗
晓　月　作曲
黄延平　编曲

1=C $\frac{4}{4}$

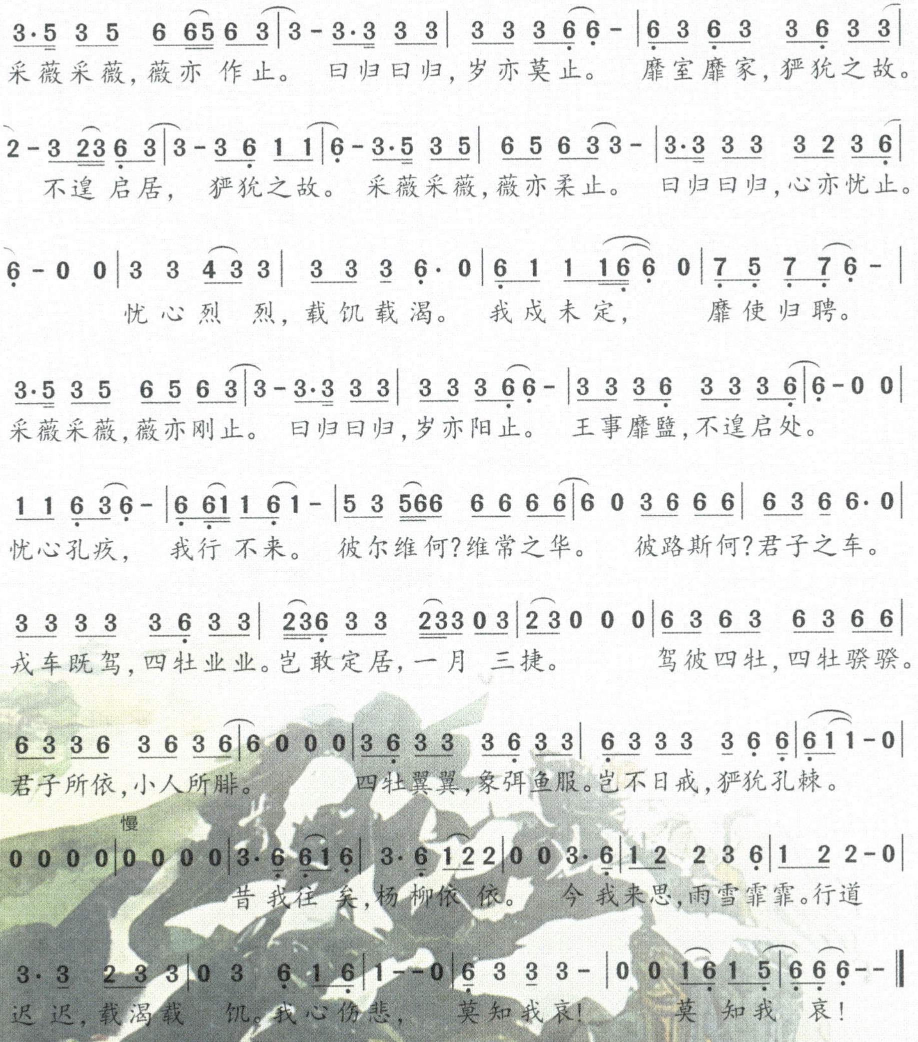

图书在版编目（CIP）数据

诗经之乐. 春：春日迟迟 / 晓月主编；于浩著；黄延平编曲. -- 南昌：二十一世纪出版社集团, 2025. 4. -- ISBN 978-7-5568-8705-7

Ⅰ. I222.2

中国国家版本馆CIP数据核字第2024L7S852号

诗经之乐 春 春日迟迟

SHIJING ZHI YUE CHUN CHUNRI CHICHI

晓　月/主编　于　浩/著　黄延平/编曲

出 版 人　刘凯军

策 划 人　谈炜萍

责任编辑　孙睿旼　刘晨露子

封面设计　熊　瑾

内文绘画　南岛橄榄

内文制作　黄　明

出版发行　二十一世纪出版社集团（江西省南昌市子安路 75 号　330025）

网　　址　www.21cccc.com

经　　销　全国新华书店

开　　本　889 mm × 960 mm　1/16

字　　数　67 千字

书　　号　ISBN 978-7-5568-8705-7

印　　刷　江西千叶彩印有限公司

印　　张　5.75

印　　数　1~5 000 册

版　　次　2025 年 4 月第 1 版

印　　次　2025 年 4 月第 1 次印刷

定　　价　36.00 元